喜歡的話
可以試穿。

羅于婷

一九八九年生於新竹。目前就讀東華大學華文文學研究所創作組。
練詩習字之餘是個迷。迷偶像，更迷和親愛的談論偶像；迷書迷電影，更迷其中的色彩學與命題；迷跟別人談戀愛，迷的其實是自己迷戀他人的模樣。著迷於詩，對像詩的一切入迷。

aquatriste.tumblr.com

if you like
you can try it.

無可避免漸漸在溶解的夏天

——黎紫書

我在東華大學的小說創作課上遇見羅于婷。她說她喜歡看推理小說，我也覺得她小小的個子加上一副煞有介事的眼鏡（還有一點點冒失鬼的神經質），很有點名偵探柯南的樣子。她把第一份功課交上來，記得寫的密室殺人事件，果然懸疑味道很濃，作為小說卻用了太多的剪貼工夫，敘述「跳針」得十分厲害；再看小說的語言……我對她說「你是寫詩的。」

她果然寫詩。

她的第二篇小說，我的印象非常深刻。她以一個隱形偷窺狂的角度寫一個男人的日常生活。無事可敘，卻用了極大的耐性把一個現代宅男沉悶、工整而孤獨的日子寫得巨細靡遺，我說「像砌牆似的」，讓讀的人窒息。小說的結尾，敘述者突然闖入，決意打破主人那密不透風的生活格局。

於是她拿走了他放在門外的雨傘。

她露的這一手讓我驚訝。我說「感覺那麼千辛萬苦堆疊起來的圍牆，作者最後只是輕輕抽走了一塊磚，牆便轟然坍塌，主人公的生活便打開了缺口，有了呼吸的可能。」

這雨傘作為意象，給我的撞擊如此之大，以致收到羅于婷《喜歡的話可以試穿》這詩集的書稿以後，我讀了兩遍，幾乎像個偏執狂似的，一定要在裡頭尋找她藏起來的許多把雨傘：

目睹一場延遲的葬禮／充滿鬼臉與路人在嫉妒自己／的時候交換花束／交換自己掉過的傘〈我還是你的晚安嗎〉；
傘下其實是這世界／所剩無幾的獨幕劇〈我們本來要去看世界的〉；
在沒有關係的前提之下／慣性掉傘〈親愛的孩子〉；
傘緣磨擦我們的遇合／慢慢生熱〈不讓香煙迷濛眼睛〉；
路再過去再偏／心就可以跟傘一樣撐著〈你的耳朵下雨〉；
假使撐傘覓路是正經的〈抄綠〉；
將傘撐得若無其事〈誰的葬禮〉；
只能凝望／跌撞的煙花並且祈禱；晴雨表／為走失的傘占卜〈每個人都即將不在的夏末〉。

我知道這比較像是考眼力遊戲（找出圖中隱藏的雨傘？）而不是讀詩該取的正當途徑。但我向來與詩緣淺，從來說不準詩該如何解讀，唯有假想「撐傘覓路是正經的」，也試著搭上推理的邏輯，在羅于婷的詩中挑出來一把常用的詞彙（倒也未必就是關鍵詞），並把它們沿虛線剪下，好作為證據，或至少是給我自己引路的一些線索。

因而我看到這詩中的世界裡，雨傘是一篷隨時會被遺失的拱頂（她總是慣性地掉傘），拱頂之上是一整個略微躁鬱的夏季（從〈一種寫夏〉到〈每個人都即將不在的夏末〉），有許多的雨，而拱頂之下多少物事反覆受潮。

羅于婷在傘下寫詩，用編織的手法，把滾遠了的毛線球逐一召回——她勾勒了許多的鞋子、蘋果、方糖、鹽、絕版罐頭、煙火、日曆、瀏海、蛀牙、耳朵，還有括弧、引號和句號（這些標點符號在詩裡無有原生形態，只能以文字還魂），以及不可避免的「小性小愛」和假高潮。所有這些微小的物事交織起來的構圖，既顯出生活的鬆散無力，卻也隱隱透露詩人的敏感而敬小慎微的態度。看她將傘撐得若無其事的樣子，卻在傘下把世界挖一大口細細品嚐，體會其中的虛假（罐頭裡的防腐劑）和寡淡（總是在溶解中的方糖），因而不斷地在詩的這裡那裡，從過去而至未來，從童年時的自己到尚未出生的孩子，生命中那些磨破擦損的地方，小小地撒鹽，放大她在這時代生而為人的痛感。

這詩集裡有一個作品我特別喜歡，〈親愛的孩子〉。它可能是書裡「最淺白」，最容易被讀懂的一首詩，真的就像是為了遷就孩子，詩人溫柔地盡可能去掉所有的晦澀（人們會不會嫌它不夠詩意呢？）放棄了她一貫欲言又止，時而戛然打住的語言習性，作出「我不愛你／好過你去恨這個世界」這種直白的表達。我喜歡這詩，想必因為我終究是個寫小說的人，而這樣一首洗盡鉛華的詩，幾乎像舞台上的獨白，為我提供了最多的故事。

序

這詩集，作為一冊夏日筆記，幾乎每字每句都隱含哀悼的意味。儘管字裡行間含糖量極高（除了方糖以外，還有軟糖、果醬、冰淇淋……）卻都含有人造的成分，故而青春如此甜膩（而不是甜美），也許正因為「不甜的我對你來說太苦」〈後來的傷感〉，多少是在迎合外部的評估與期待。

不管怎麼說，過去的，譬如童年，是一件始終沒有把標籤剪下來的彩衣，而所有進行式中的現時——方糖溶解，冰塊融化，罐頭絕版，無不指向消逝中的，無以為繼的狀態；至於未來——雨傘總會掉失，人們都即將不在，取了名的孩子尚未有出生的日子……難道不都惶然失落，叫人無所從？

夏日終究會來到盡頭，成長，其實就是在經歷事物的變質或消失。我把書稿翻到最後，覺得這些詩真像彩虹冰棒，你要是不放在嘴裡體會，而是讓它融在手上，你是抓不住那彩虹的。

我有所愛恨但與你無關

林禹瑄

群盛寫訊息來，邀我為一本將出版的詩集寫序，訊息末尾留下作者的網站，名字是「喜歡的話可以試穿」。「先看看，有感覺的話再寫，不用勉強。」

我點開連結，素色背景上除了詩句再無其他，在這個詩漸漸成為風景照、手寫字或輕音樂配角的時代，這顯然並不尋常。頁面下拉，一首首詩像魔術彩帶一樣接連跳了出來，字體和留白皆極小，簡單又狂妄。沒有編號，沒有日期，乍看也沒有特定排序，我滑下去，又滑上來，隨意挑一首讀：

沒有椅子坐的人
歧視對號入座的人
都反被歧視
沒有人看過地獄
也就沒有什麼道德可言
——〈囚〉

後面化用了夏宇的詩句，然而我更喜歡停在這裡的「道德」。那讓我想到「讓自己幸福，是她唯一的道德」的莎岡（Francoise Sagan），以及《頤和園》裡淡淡說著「兩個人在一起，我覺得這才是道德」的余虹。我想到世界的偽善、恣意燃燒不屑一顧的青春以及生命最喧嘩最輕率放縱時的孤獨。我相信那個「道德」背後，有一個不甘美好天堂而樂於走一回地獄的靈魂。

我相信那是詩的靈魂。再往下讀，每首詩一貫冷靜、節制，卻都藏有點火的本事。比如對於摯愛詩人、歌手的戀慕毫不保留（詩集中引用三次夏宇的詩或歌詞，部落格分類皆以張懸的歌命名），又比如平淡愛情裡無論如何也要架一條鋼索：

每天喝水
每天起火
每天做愛之前點事後煙
醒來就要去看海
——〈以為自己可以花〉

憂鬱貝蒂式的瘋狂理所當然地成為日常。性愛和菸是詩集裡反覆出現的命題，美好與邪惡並存，義無反顧。現今論詩，談的多是書寫的「目的」，著眼於句式的變換、意象的創新、風格的成形，然而讀這樣的詩集，更提醒人在意的，卻是書寫的「本質」——要朝慾望和黑暗裡探得多深，才能裸露出更多的真實？

序

據說作者一路上寫得低調，沒有獎，也沒有太多google頁面可尋，名符其實是茫茫深海裡挖掘出的珍珠。這年頭，安於寂寞的寫作者多麼罕有，也多麼艱難，任性同時也要韌性。畢竟臉書上掏心掏肺如此輕易，誰還有耐心停在原地，好好打磨自己的每一種情緒，掂量筆下的每一個字，又甚至只是虔心得近乎不知恥地愛一個人呢——

無法為自己的濕透負責
走向感光
我是踩在你鞋裡
輕慢得走不出房間
透明的動物
——〈被進行式〉

悖反與歧義是詩人的本職，風平浪靜時祈禱暴雨，野火燎原時在房間裡守一盞纖細燭光；既是自我世界裡的暴君，也是低到塵埃裡的花，詩集裡的 50 多首詩，便以決絕的姿態，在兩個極端間來回擺盪。愛與恨，冷酷與軟弱，自傲與自棄，每一次敲擊都更深入情感的核心。

書寫是自剖，也是自覺。詩集裡坦然逼視的不只情感，也逼視做為女性的身份，在「女詩人」逐漸淡化為「詩人」的潮流裡逆反而上，細膩地描寫腹腔、缺口、經血。最精彩的莫過於寫未能出生的孩子：

我不愛你
好過你去恨這個世界
親愛的我的
愛是不讓你重蹈覆轍
——〈親愛的孩子〉

意念是複雜的，但初心極為單純，寫詩者一路汲汲營營的，大概也不過如此。最真誠的詩是貝蒂，也是余虹，充滿了愛恨深情，但都與誰無關。我以為這是寫詩最珍貴的本質，也是我在這本詩集裡讀到的氣魄——喜歡的話可以試穿，但喜歡或不喜歡，穿或不穿，穿起來好看或不好看，都已經不是那麼相干。

試穿之際／
／說謊的人

「包裝我，卻無法拆開自己。」

　我慷慨又自私地拾荒可是不被喜歡。我試穿耳洞胃裡全是心酸的句號。我有幾十雙鞋，我用幾千個謊構成，我偏執吃字，我偏袒自己甜甜的疤，我異常迷戀無法擁有的另一個自己。然而請我說她自己，就像以自殺未遂為前提重看的最愛的電影；她怕痛卻被感染與罹患等相關病態的字彙制約；她如此浪費在於她如此絕對；她總是在想生活在想紀念品還是不斷重複重新開始。

我與她之間的渴望與省略在於不缺，像個小孩緊擁，也像個小孩錯過。所有譬若其實我並不懂得，它們如象輕慢得隆重，不過是在意想不到的地方打好看的結；像個小孩是她最最跌痛的掩飾，演著演著，眼神再也沒有痛快的溫柔。不擾不亂地預告，不明不白的告白，我是個孩子就將自己拆開得誠實，糖是糖，不要就是不要；說謊的時候用她的手指扣扣子，然後踩掉鞋帶不讓誰綁。城市只是浮生與復活與共，逝光層疊透明的包裝紙底下，還能美好且敗壞地曝光各種流色；我悼念她像個孩子被鏡面包裹，小小世界是不得不融解如顆方糖的試衣間，可能甜也可能髒，更可能的是口吻。語言意識到自己能夠撫摸諷刺，剩餘的字都是冷眼觀看的欲望；這一頁你將穿過命題與色彩學的夢境，被咬碎在其中感覺詩的冷，發現詩的刺。我善變如謊，善感如針，讓謊為等候試穿的衣物穿針。

「說謊的人，要吞一千根針喔。」

裸夏與備忘。

你喜歡起來。
把
要
我

將眼球投入迷戀
不及愛
的電影對白，把氣氛剪下
拼貼這個心形節日
發現彩蛋滾在腳邊
就跟著你踩
拆開我和我們的
方糖與所有綁帶問題
最好在最好的時候相愛
接下來開始使壞
要不時花完你的真心

要經常漏接愛人
忘記削皮的蘋果
一顆烤失敗比較可愛的派
一顆砸碎分別藏在口袋
（發酸的時候用它
替代瘀青；如果犯甜
果核都是盛夏的蕊）
當心裡的鬼說起
謊來厭膩得像是初經的血
內褲沾滿專屬記號
一面花另一面雨傘。
總是被單方面勾引你
和別人沒有過節

我們就讓床
跟牛角麵包一樣撕開
每天試吃果醬般的生活
「一起蛀牙
其實不壞」

一種寫夏／01

你只是一堵無辜的白牆
當時的我不過百無聊賴
有些瑣語是彎
有些唇形甜而蕩漾
你的眼神很軟，適合
舔拭輪廓的逆光
我繼續扯咬生活輕薄的剪影
將夏投射為過度轉述
的碎沫：「要不是你要我——」
我怎麼會留意錯過你
如秘密放映的電影海報張貼在……

掰物清單。

——寫給分手博物館。

談戀愛的時間單位：吻，與菸。
窒息的吻。說謊的菸。吻像陣雨
一般循環，世界末日似的情書
被施捨的火燒毀然後點著
日復一日的菸。聽歌，與搭車。
以愛與製造者命名
的播放清單；逼近墜落的速度抵達
甜蜜生活或琳瑯滿目的紀念日。
如果有一天我們不認識，我們
得過且過；我們輸給距離

我們玩起大富翁。（日後是誰
在命運與機會之間拉起布條；
是誰跨不過去兩條橫槓；什麼時候
指戒變成圈套，手環腳繩被誤認
對寵物的羈絆或對禮物充滿
性意味的餵養。）我們不過是想
以流火的姿態沾濕彼此
如渴。如癢。如心跳。如胃灼熱。
如香水，如空杯與斷髮。一分為二的
音源線與二手書；認養代替購買的□□
湊對或落單的海報，的公仔，的枕頭套。
沿途掉落麵包碎屑的信用卡
餘額為玫瑰。或塑膠玫瑰或紙玫瑰。

前度的喜帖，開放式關係的結婚證書
然而現代愛情的期限不超過
一支或三人同行的綁約手機。
流行好幾世紀的戀人絮語：廣告紙
背面的書信，折成藥包折成心形符號
的字條，電影預告片似的簡訊
舞台劇般在地下室上演的手記。
難道相愛的眼睛彷彿轉蛋
有時轉到獨白，有時掉下搖滾樂
有人賭愛是眩迷的幻燈片；
有人目睹愛情像絕密的拍立得
底片或無效作廢的入場券。

一種女孩在十六歲讀邱妙津
日記與夏宇詩（比較愛自己
喜歡愛情的樣子）；一種男人將在
一百週年慶披張曼玉紀念掛報
唱甜蜜蜜（可是當時不懂愛
繼續傷害）以愛為名的組成行李箱
裝滿試探；傷人的話被編織
為鞋襪衣褲穿不下初始的自己。
「試穿是空想的理論的
　幸福，不合身的都是平行宇宙
　的情歌。」被各種顏色形狀與口味
的糖甜過的嘴，要的不過是
好覺睡起有人將錯就錯用你的牙刷。

去看世界的。
要
來
本
們
我

幕就謝了
蜂蝶彼此拆揭
開花的謎底
與其苟全
世人所愛的神只是對不起
借過
信仰是道追趕符號的走廊
充滿像針
穿過視線著地
鏡身浮滿自戀
我始終長成推拉不定的玻璃
門縫得緊要

詩題譯自Patti Smith〈Amerigo〉──「We were going to see the world」。

讓洩漏光的地方都
失焦
聞起來好似一遍
又一遍捲起來滾的紙菸
擦傷成為
彼此的失火然而沒有
那麼疼痛還能佯裝杯水
傘下其實是這世界
所剩無幾的獨幕劇
當你以約略的眼光看我
像個臨時演員
怕被別人認出又怕被指成別人
的模樣是否還有
悲哀以外的說詞

回家。

穿起童年是身色彩濃豔
旁白嘎然而止
的戲服，觀看每張臉打
蝴蝶結（挨過幾年青春
如此慣性這般日常的窒息感）
收集糖果紙也交換別人
剪不掉的標籤；未曾掩飾
甜腐的蛀牙以及虛張
因而一出聲就逝去的唇舌。
當夢還能吃著痛穿著芭蕾舞鞋
世界就還是邊小跳步

邊眨眼睛就能咬了的櫥窗
口接著口接著回到

家裡總是將慘綠的指甲
無濟於事地清洗
「那些汙垢和現在的骯髒
沒有關係」
卻怎麼還是在失去
輪廓失去附著的時候
想起指縫間密集的泡沫。
每面鏡子那麼玩笑
那麼強迫症似地演出自己
不插電也不獨坐在浴缸

裡面祈禱；失眠也不勉強
自己打開抽屜服用時空膠囊
（將所有摺痕與斑漬裝罐
深埋身體，它們終究腫起來
學會成詩以及受痛）

一種寫夏／02

聆聽虛擲的悲傷散落
拾獲夏末消逝
的線條，編織一件彩色毛衣
你的晴雨是你的繁瑣
我的鏡頭並非我的夢
睡前晚安梳理滿床糾結
纏繞一個透明的繭
有些承諾不過是麵包碎屑
回頭撿拾反而稜角
不如在鎖孔裡面找到
隱形眼鏡般的片面之詞。

透明睡眠。

房間形成流域已經好幾個一天
身體充滿水分毫不知情
自己是誰寫的詩轉為透明
失眠長期安睡於城市
適合遊蕩比末日更無聊的派對
靈魂渴望發癢
需要曖昧秘密讀字需要
水溫剛好
蒸氣騷動讓相愛的兩人
開始懸宕順隨氣流急轉
直接下榻彼此眼睛最最深邃處

一種寫夏／03

有一點任性的天氣
獨自面對散溢的濕意
涉及你步行而過
紛紛受潮的時序
我在擱傘的摺痕裡
佯裝柔軟，在梳齒的
隙縫中追索細節；
樹會沉陷為一座島嶼
雨將蔓延成花束
只有水日不成形狀的形狀
成為夏記。

深感抱歉。

總是在容器裡
沉默得彷彿對坐
不包括自己；
斜角看你姿勢挺直
如精裝版的總匯蛋糕
駝背像任由冰塊溶解
的降旗。手指甲乾淨得
違反自然
「從來不火
狠狠燙過」

抱歉遲到這麼久
然而感到的歉意那麼淺
我幾乎反胃
迫切需要吐出陰影
可惜尷尬溢滿光線，
其實等待並不多花時間
反正每天都要用掉
（額度可以被細節約分
也可能當空白集合）

一開始多美好。

你像個自己不多話
我寄出長時曝光的
仙人掌用來刺及
郵戳彼此的私語
我們不約而同地行旅
沿途經過草地踐踏過去
設定中等速度，讓鞋底
沾滿藍天白雲與黃花
明明是日子活該每天
和每天的模樣降靈會般地
難以適應一開始多美
好過時差性的嘔吐
收集起來練習宿醉。

一種寫夏／04

拉開一只抽屜：
藏好、安心睡著、為你寫
關於愛的什麼給我。
你被揉皺攤平或對折
被漫不經心地翻頁
如件舊事；我像個詩人
偏愛的拗字，置身在用漏光
與泡影澆灌的愛情片裡
在種滿星號標記的地圖上
「夏花都離開了。」
我們還欠草稿一塊眼色。

你坐在對面（近視很深）。

我穿過自己
你坐在對面
交換交叉的腿
唇以甜膩的口
吻無法習得的語言
視線有草莓蛋糕
也有刀叉；我比較
習慣把你慾望撕塊
作為綁帶禮物
對折還是剪開（你禮貌
性地不懂蝴蝶結的可愛）

勾引的眼色早已衣衫
不整地沾上，別浪費
太多做愛時的眼神
戴隱形眼鏡——將我
凝視得更為易碎。

你的近視很深
認不出我的臉（以及
在夢裡長出的犄角）
為總是曬不乾的襪子
採幾束散光，找幾朵
總在濕落的磨菇為心撐傘
你想養一株仙人掌

叫它抹茶；我將流理台上
或輕或生的杯水喝下
「要學烏龜踩或學金幣滾
除了追星星還要吃花；
邊橫躺紅磚牆邊打瞌睡
邊滑行綠水管邊不期而遇。」
我沒有足夠的汁液
舔拭你遺留的備忘

一種寫夏／05

星期天早晨顯得
太過新鮮及其想念
我們陷入交談相抵的氣氛
漏接一個個淪落為謊
的夏日打滾在床
寂寞如此聊賴地
咬破臉再慢慢吻合
「原諒我的話語總是
有結將你絆住；
親愛的鞋子剛剛穿好
任何時候都可以出門散步。」

正適合破碎。

不知道怎麼揭穿的曝光
或許救贖一具試衣間裡的藏屍
記憶浸泡長出水藻
經常重複的片段陷入火苗
分心告別又分手出走
的故事或許湮滅
一塊被抽離的積木其實吻合
倒楊的形狀
我們複寫未完成
偏好感傷舊時裙襬
引致百摺

氛圍待繼續難免淪落
意識睏得
這些那些並非
一致的字彙反詮釋自己
言語曖昧眼神迂迴
我正適合破碎
你無法拼湊的模樣

被進行式。

被複眼注視
被顯影出來
無法為自己的濕透負責
走向感光
我是踩在你鞋裡
輕慢得走不出房間
透明的動物
從相濡以沫開始
說好不取名字
無從去恨的愛就會流離
終究成為

你向來沾黏悲傷的眼患。
側睡跟床伴一起
罹患；剪刀誤讀分手
謊話層疊一揉就皺
愈是局部的激情愈是尖銳
所有親密依附床單
彷彿煙火的剪影
乍現苔蘚般的裂痕
壁癌似地包裹
不願醒轉的我們，
設計在我身上
概念式的傷害

無人分神。

秘密複製泡泡戳破
字顧字地變成刪節號
偏愛的韻腳轉手
心裡話都用裝飾音說
（分不清楚是感冒
還是過敏）
但無人分神
平分一個隔天一面牆
將自己的姿態拾置菸盒
形似扭捏的耳殼
收聽浴室演出深夜劇

每天適應鏡子的道德潔癖
謀殺與做愛同樣肉慾
路燈演練有素
像做視力檢查指出
時間的缺口
哼唱那首埋葬海地的歌謠
有些聲音是痛楚
有些像禮物

被愛者。

愛總在表演
之前擁有雲的善變
我可以拒絕嗎要是
我們不比一件方格襯衫
交錯剛好網住彼此
門縫是房間最為極簡的
（顯然不是你所擅長的「」）
勾引然而
沒有人主動關燈
也沒有人被動起身；
尷尬無從繼續

你也不必性急將牆
揉皺像張床單，我以身折起
影子擅自交換性愛
從高潮跌落至耳洞
響度如顆軟糖
被空洞的句號壓扁在貓眼。

門像日曆翻開
鏡頭來不及撕換情節
我們的吻太過懸疑
充滿破綻，彷彿一樁
偵探習以為常的謀殺案
人云亦云就要下雨

晴天掉傘構不構成動機；
視而不見反而證明
自己在場
像張書籤即興插入
就能間接傷害並且縫合
彼此戲作的愛。

一種寫夏／06

如何讓憑直覺挑揀的襯衫學會體貼；如何將彼此安置在陰晴如一的衣櫃。「你的生活我怎麼陪？」或者理當把生活輸給生活。（而非用來兌換創作。）當初愛怎麼光臨，如今我們又怎樣疏離分明、孤零零得像過夏的冰淇淋。我開始想像一種節制並且多餘的射精狀態，被陌生而近乎透明的暈眩感推倒、懸掛在你慾望的末端。

初戀。

養隻嚼雨
的瓢蟲沿著窗櫺
永遠地爬行
橫越你深白虛線的肩膀
踩到逗點輕聲跪落
終究是張無字繁殖的
明信片可以被郵戳
被讀懂不被亂猜
不過你傾向郵差
著迷信裡所有瑕疵詞語
彷彿在說
趕快死掉

也就擁有自己的鎖鑰
可以吊掛與丟失
毫無顧忌地收回情欲
走進水裡暈開
成為彼此
還沒有取名字的藻類

我沒有發覺自己
比較適合瓶裝水
或者比較喜歡星期三
讓陽光沐浴過後的身體
如扇半開的窗
感受吹散星群的夏
把海幾何

從最初的邊躍下
就算我們的腳踝
最後一起走開
然而一旦慣壞膝蓋
就是彼此不時回頭
的走廊或樓梯跳過質數
然後將自己絆倒
跌地姿勢好似
離散得不負責任
也潦草地好像單身
的愛字

她
走
進
他的房間。

些許破損的蘋果是削得
曖昧的毛線團。
費解的氣氛漸漸纏繞
距離早已竊竊地燥燃
之間的蓬鬆柔軟，適宜撕碎
初次見面用以刺及的欲語。
喘吐鎖骨的甜息撫耳
互相開始探咬，吻觸
有點擔心過於節制的纖邊
尚未熟練彼此名字發音的
唇形讓細節重複發生。

的晚安嗎。
你
是
還
我

臉顯露一種一切
與遺漏另外一種
我們睡得很深
深得很快
我們很快就得翻開底牌
跟椅子一起倒地
成為離題的人
於是盡可能寫
盡可能愛
更盡可能地寫作
盡可能地做愛

先是骯髒並不時常
憂傷沒有姿態
就不足以致歉
包括我們被
被結婚被自殺被生活下來
思考吃掉自己的方式
反省安心睡著的別人
所有無感或
置入性的問題
再怎麼深探
也一起被無人知曉地
死於現場氛圍
延遲的葬禮充滿鬼臉

與路人在嫉妒自己
交換花束交換掉過的傘
濕透就想辦法變成雨
一邊碎裂一邊繁殖
回到身體裡面最初
的房間夾張僥倖的書籤
準備下次偶遇
你說你不見
我或是相反
直到夏天過完
你是否願意歸還我的晚安

一種寫夏／07

總有一些緣故：蘋果很難咬動。就這樣把雨季走完。發現日曆沒有詩。你用所有語言沉默，我以瘀傷過後癒合的甜美字眼揣摩，關於你的側臉點綴如夏，將一種尷尬演繹得無懈可擊像是絕版罐頭。開啟彷彿拍攝過期花火的底片，瞬間迸裂並且曝光，其中毫不節制地消遣缺陷的青春切片。

目錄 /

危險的是剛剛好。

小性小愛。

瀏海長出押花
摘自我
最愛的推理小說
你在裡面
死掉

死掉就讓
刀片舔過一遍
留白的地方畫線
折小角肋骨
撕下喜歡的段落
每頁遺漏一點時間

時間剛好
鞋鞋地走開
像是跟雨一起私奔
跟尾巴一起廝混
夏天採用爆炸性的日光
煙花小小地開
一切或許也沒有什麼

意思意思弄髒
好在犯錯的
少女
形式得更加敏感

局部不美的
都是可以為難的
愛終究變成
小於的哀

一種寫夏／08

「再也不摺疊日子了。
但是緊緊的，」
我與你對坐談論時夏
如何滲透城市的綠，詩的
鋸齒如何碎屑生活
當你蓬鬆柔軟像是一件西裝外套
的時候，我怎麼讓房間不被刺破？
「我現在過去。然而你遲遲
未來。」時間總是無動於衷
摩擦所有繽紛色塊
難搞如水洗過的襯衫起毛球。

還是入了迷。

——寫給神木隆之介（Ryunosuke Kamiki）

所有迷戀都是自作自演
妳卻沒轍
裹著糖粉融化
讓自己流動
洗劫佔有他的島嶼

但願你致死我的餘生

再也不要成為誰
被眼神離碎

無法識透的顏色
在你身上發亮
作痛
像顆覆盆子甜得
刺穿我
並非空無一物

譬若一場神的遊戲
夏日已裸
時間初癒
詩蕩漾起來
太城市感傷
像被幾何的綠玻璃
然而愛
如質數的鬼
鞋懸著懸著就勾引了
喜歡的話
意思再明顯不過
玩玩一個說謊的人

一種寫夏／09

整天拒絕進食
推延睡眠
懶得逃也厭煩討
好過你意圖明顯地
愛我
過了
以夏的日子
就沒有然後
「然後與餘燼沒有什麼不同」
不過這次剛好跌倒
你沒有接住我

渴海。

平日排隊掛號
油漆未乾
等自己
變成一座身體
長出撩撥的綠草
指涉雨感
淋濕對城市的遐想
假借你的海別於我的渴
口吻將比擦傷
更為刺裸
眼色撫摸門縫

割劃手腕
沒有染指
就沒有什麼能夠被框
起來應該輕慢
應該墜跌如初
褪色地趕快
也節制地染

備忘。

耳朵是括弧
偶有圖釘
吻被引號制約
像座螺旋梯
一般交談不被提及
的怪物便條起來
貼滿房間不得不
躲在鏡後
試穿別人的身體
避免直眼看自己
婉轉的臉
歧視心裡住著的孩子
嫉妒且飢餓

一種寫夏／10

耳洞趁自己
不注意把氣放掉
突然身體爬滿可樂
被呵欠成一張節目單
你可以在新人欄位找到
自然發生的熱戀
或法國電影式的愛情
反正現場氛圍很虛胖
也很發睏不如很夏
心來就請坐
走我的椅子

鏡物。

鏡子成為某種符號
被忘卻備忘
身體借走一切形式
絕對的睡眠狀態
純屬虛構的病態與渴
將愛最最文學性地物化
我因善感而濫情
夢裡都有一張觀看的椅子
一個踩不到鞋的自己
與自己無關的有感
構成零的缺口

我初現你於夏
言無以名狀演視而不見
誰在反面的另一面寫什麼
詩是儀式性地寫日記
或感受一隻小鬼在水裡的喜樂
與其準備好受片段般的傷
其實更加情願被無所謂
傷害然後反感

月經。

身體取出針
刺入果肉
汁液流淌著床
要你睡進去再縫起來
緩慢漏盡
的疼痛將自己
摺成紙玫瑰
皺著高潮
墜地就著火
經水腥甜
軟爛餵養各自身懷的
鬼月

一種寫夏／11

我們的孩子
只是一團毛線球
你沒有時間拉
就扯不出更飽受
更圓滾滾
地謊稱有一種愛
足以相抵不配擁有
繼續談論繼續
都是夏宇的
畢竟我沒有每天練習
拿掉

生活感。

與你談論
對生活的厭煩感到厭煩
毛線堆裡
總有其次哀傷
或終究輕微
或偶然深刻的針
「你還是這樣想
這樣要問的你嗎」
包括所有有感與
各種性意味的問題
潛逃生活

去感

去被

過過像樣的日子

換個不像自己的自己

照常與你以外的人交談

關於生活的厭煩

而已

愛睏。

讓我多睏
就再也不睡
其實森林沒有那麼危險
的是充滿樹洞
你感到渴
沿著縫線拆開
再折回去的傢俱
開始撫摸
比起海
我們愛得更像
碎著的浪

一種寫夏／12

城市尚未命名的
街道亂入你
路標我站在
發光發熱的中間
你還在猶疑我的兜圈
是否能夠讓你拼貼
如張手捧接無用卻惹眼
的花束般的飛行
我早已繫綁鞋帶
準備好跌跤
在這一次性的真夏

親愛的孩子。

「生まれてすみません。」——太宰治。

我很抱歉
早就取好你的名字
不過沒有生出你的日子
你是用愛做的
就算假性高潮
也能蒂落
可是相愛向來自作自受
我們不得不裝熟
當你跌倒在我的陌路
你受你的傷
我沒有準備好被自己喊痛

我比誰都清楚
並不擁有你
也比誰都懼怕你
屬於我的責任
我學習各種被愛的方式
卻沒有一種能夠
讓我愛你如愛我自己
我無法去愛
像我的你如果不像
你就會成為另外一種愛
我還是我自己
不會更加擅長去過
與你一起誕生的末日

時間尚未切開
我的身體你在
絕版罐頭裡面住下來
我們應該各自感到不便
然而你吃掉我吃掉的
我不知道包括什麼
或者應該拿掉

我喜歡孩子
在變得不可愛之前
就像我喜歡陣雨

喜歡躲貓貓
在沒關係的前提之下
慣性掉傘
不見的時候不被找到
我不愛你
好過你去恨這個世界
親愛的我的
愛是不讓你重蹈覆轍
讓你
生而為人

大爆炸。

1
像個謊者，像首哀歌
愛別人的愛過愛錯

2
我們將要在一起過
然而這愛
骯髒並且倔強
爆炸性地美好
重要的是能夠試笑試愛
的隔天
別寫懸淚的女字
不再吻腥紅色的自憐
不要剪無瑕的短髮

「我們在薄冰上做愛」—— 李格弟詞〈不要在薄冰上做愛〉，靜物樂團專輯《橘子與蘋果》。
「要愛他們沒有分別／但要分別與他們做愛」—— 夏宇詩〈純淨與極致與善意〉，夏宇詩集《Salsa》。

3

我們在薄冰上做愛
做愛的愛
做愛做的愛
做自己的最最親愛
「我們不要彼此只要相愛。」
要愛他們沒有分別
但要分別與他們做愛

4

愛是荒誕在塵埃裡的怪物
壞著感受自餘的哀憂

5

畢竟我們欲絕了相愛。初醒於派對的失態

6

顯然我們總是
「這樣好了。」
將心碎當作蝴蝶
把嘆息視為
為愛縱火的一種方式
觀看日子的綠窗與紫框
剪貼夢境的花邊；
她走的時候
（慵懶而曲折地逃跑）
你究竟是什麼
（以革命性的黑的蠟筆
構圖彼此的紀年）

總和起來我們是
「那麼好。」

7

妳馴服的樣子
不再使我玫瑰
狐狸色的麥穗誓願
時而瘋狂時而碎成為
幾些小小的愛
是我所能感到
最最哀豔的宿醉

——寫給一起以中等速度迷戀卻無法在甜蜜生活中相愛的真愛。

誰都不搭。

以為自己可以花。

我們以為自己可以花
大把大把的
被裝飾在地獄門
口袋裡有神
獨自瞇著眼看搖擺的人
每天喝水
每天起火
每天做愛之前點事後煙
醒來就要去看海
浪打上岸的一隻隻耳朵
擅長馬賽克式的真相

越單一如初的臉
越懼怕複眼的想像
新聞花花搭搭的
讓腐敗附著在我們身上

備註：
「有必要對鈔票進行一番描述性分析……再也沒有比紙鈔更能讓資本主義天真爛漫地展現出本身的莊嚴價值。在鈔票的貨幣單位之前，印有與數字嬉戲的純真小愛神、手持法典的女神，以及收劍入鞘的偉岸英雄，它們組成了自成一格的世界：地獄門的裝飾。」
——班雅明（Walter Benjamin）／《單行道》（One-Way Street，1928）

病
部。

其實我們足以稱為
病的
發生還在意料之外
失去還不算太遠
走失反而經驗的抵達
並非過程
也並未描述
你或許喜歡
我顯然患有一種
更加聚光的虛榮感
像小孩猜想
最最無關的認識

所有感受莫名得剛剛好
反白的時序始終只能
譬若然而
都不指向陰影
我們並不明顯傾向自己
總在拉扯的時候
講究詞性
將就站在鏡前
試演初學的違心主義
你還要回家餵貓
沖洗新鮮鱗片以及
打破青春的魚缸

我好像被水染過
一個接著一個
不再定格的傷口
慢慢潛浸有點爛有點著
迷的鹿角的色調
沒有見過你下一半的雨
我怎樣把身體看得更輕
好讓自己接近煙火
接近而已

一種寫夏／13

怎樣一個夏字
將晚安的意義沉迷於
傷及晝夜
要不回家的心思
淪陷為光害
所有日子
用來玩你的意思
再也不自選
討人厭的字
質疑自己其實
是某種夢魘的虛構

常態。

「冷淡和懂是雨」——夏宇〈擁抱〉。

寂寞很冷
冰塊那樣輕透
沒有什麼遭到融化稀釋
剩下的只是情緒
把我卑微
將自己暴烈地撕扯
體溫被咬得很吻

一個人懂
空蕩的季節身體太薄
到處隱匿雨聲的

城市太擠反而
遺漏你的臉用圍巾打結
括弧替代彼此肋骨
蘋果滾動滾動
沒有人見證蛇蛻皮

習慣就淡
得每次賭氣就有房間
開始缺氧
當愛情虛線
擁抱尚欠我們談及
日常僅只
罐頭般的情趣剪貼

虛構各種無法感受
的破碎
將我撿起來就可以
下次還給你

一種寫夏／14

無酒精的流光在城市三川交錯如格如網交織如散髮，用眼神綁起來讓所有暈眩症歸旋轉木馬所有。遊樂園的快感在於不厭其煩地反覆再反覆；然而氣氛被排隊了，宇宙被夏天了，憂傷也被馬戲團了。轉眼之間，一切可厭可愛就沒有誰比誰沉溺誰比誰狼狽。你能有多渴，我就有多能沾濕你；可是我又有能多讓你渴。

遇言。

月台離間縫隙
晃著日光的肩膀像是
初次穿越斑馬線
小心注意
裙帶關係或鞋號
裝睡比較好看的死角
勃起與讓座
愛的叮咚重複
出入耳朵尷尬不已
優先插隊並非禁止性
騷擾電話撥打請微笑。
說話異味不明

就禮貌性地離得遠遠的
沒有椅子坐的人
歧視對號入座的人
都反被歧視
沒有人裝魔做鬼
就沒有什麼虛偽可言
總有目的地塗改作廢
總是有人被打卡
靠窗給口以口
站走道就吻得太深了
圈叉的時候，票收
進去比較舒服還是選邊
靠站就感到蛀牙
拼命在洞

前戲。

把氣吹滿拉直鼻子
繫綁一顆像隻正在學步的
小象般地緩慢跌撞的星球
懼怕逆向運轉被流星
劃破氣氛爆裂直到
撐張一個如傘的雨咒
如此輕快如此腫脹
就讓對白有邪
就將好似碎碎黏黏
的雨聲的吻
別在彼此的無名指；

購物清單充斥生活感
無可避免地尋覓
然後腐爛。然後更新
感情狀態裡的觀看植物
像被各種語言譯過
浮在睡臉的電影字幕
對自己的無感在場
覺得膩；不是我像誰或是
你想變成誰讓一切變得正好
演到。我們裸體穿雨衣
濕透難免突顯各自的缺陷
譬若你的耳朵開滿
懶得挑出來的蔥花

被寫壞的詩。

你濕著濕著就把我攤開
在等一個跌落的字眼
與北極光稀薄地交談
交換彼此弦音之外的無聲
有誰並不發現
蘑菇錯落未必充滿
雨意黏膩後頸
肩膀非得窄窄地對折
如此受潮我們不得不過敏
滿裝的容器臆測自己
被什麼空過

錯就錯在
濫情者怎麼學會
簡寫曖昧狼狽拉扯的細節
愈溢出方格愈忘形
無法筆記水變成透明
讓自己靈驗
煞有其事的遺書
指尖繼續練習討好
被寫壞的詩

不在場。

顯然括弧說的比方
格子說的還要有所保留
要比雪更為冷冽
例如融解的雪
別再相信所有濃湯
我們坐下來用餐
像個等待招領的行李箱
一切放空
或者凝視彼此另一面
冷掉的交談促使
我換張更加靠背的椅子
你仍然不介意自己
還是自已還在
不在場

一種寫夏／15

還是喜歡遊蕩的姿態，跟初夏借隻碎蛋殼的眼睛將自己幾何，那麼有稜有角地認識與受傷，那麼無所事事地被詩人偏見。你睡了我的白晝，彷彿掌心縫滿凌亂的時序，從未如實告知身體僅供參考的危險；然而對不起，我只是想像一個小孩別無索求，以希望的第一百四十七個別名出演，想盡辦法任性離場就要帶走所有潘朵拉。

死了一點。
都
天
每
我

看不見自己長出的光
摸黑將意識流進浴缸
各副預演的表情
浮溶水面
無花綻開的臉
逐漸散化潦草
濕成玻璃詩擦不乾淨
繼續沉溺自己的骯髒
皺白的身體產下
可食的慾望沾滿指紋
無用的台詞全部變成紙屑

搭配一點神經質的演技
好讓面具看上去得體如屍
多麼擅長腐爛時光
避免塵埃過境
如果太敏感的瞳孔極癢
預防蛀洞就好
厭煩裂縫就好
比過馬路不走斑馬線好
過於菸蒂
的傷疤就不要去踩
就算街道指引穿反的鞋
流浪終究佈滿提線
熱衷擺弄姿態
結果冷不防地跌倒

每天下雨得以分析
浴室磁磚的霉漬
扭開水
花時間的責任在於
象徵生活
尚未死透

一種寫夏／16

你旋開操場
劃開翹翹板的燃點
眼看星火撩亂
即將晚安的微型宇宙
焦燒所有不規則長角
以及失色的票根
然而這夏不為
歷經荼蘼花事的
裙襬摺疊密語
不為鞋結絆倒長巷
繞過我的屍體

睡／醒。

青春盡是些敗壞的詩
當我們懸浮話語的缺口
背對著世界寂寞並且顫抖
「不能被奪走的於是接受」
多想置身事外感到無懼
至少昏迷是誠實的像夢
（醒來的假寐錯落在
每張終日思索的臉孔）

然後學會裝睡；在我們
無法戳破的早晨，每天刷牙

吐沫一個潔白無瑕的
謊但忘記加鹽
幾分熟的蛋都顯得不耐煩
還在猶疑是否將自己穿戴正確
如咬合整齊的假牙。

時間並不允諾。

時間並不允諾
幻覺被動儲存草稿
還在對焦的時候
不可以亂錯除非
我們浪費整天走光
城市的晴日不過虛胖
像個圓謊滾過
最甜美的部份
拉回來重新纏繞
眼球遺漏
所有靜物均衡食言

玫瑰色並非玫瑰
刺也不是撫摸或剪

「被揭露出來
是一件舊事／而隱瞞
是另一種傷口」

雨
淺薄
比較潔癖的草地
沿虛線撕開我
已經膩了
無論乾淨的紙
鮮豔的語言比塑膠花

更果然
無實
切開迸裂甜血
你就綠
讓樹洞漏盡
不得誠實不得
不忘記耳朵的缺口

一種寫夏／17

吃掉所有開花結果
長出小小的島
像牙，住在你的口吻
裡面使壞索性睡著
氣味混合浪漫的咬字
倒出罐裝符號
曖昧特別容易冒泡
我老派得將玫瑰塗滿愛情
放進冰箱。冷夏幾度
激情幾度冷戰
貪圖彼此的解鑰如鎖孔

詩語症。

整夜呼吸如水滴著手心
起著毛邊的大禮帽
落在想像的行進隊伍
最後一面。彷彿不懂悲悅
野餐和撐傘的時候
話題死白，麻木的肢體
總有細微的小事；
輕薄的藝術做為
接觸不良的孤獨留聲機。
勉強發生的部分
宇宙婉拒解釋

離題美學用詩引來
比謊更繁瑣的發咒：
最害怕現在最破壞的親密。
千件彷彿一套的每天
取自愛人的衣角
不再同病。
「我們永遠在等等著繼續。」
做上次勉強忘我
的愛。

備註：
　　此詩靈感與全詩文字源於（或抄自）夏宇詩〈〈野餐〉給父親〉（《備忘錄》，1984）與〈告訴他，你愛他〉（《現在詩：劃掉劃掉劃掉》，2012）。

左手總是在睡。

彩色玻璃球滾落
滾落摻雜幾朵
瘀青與幾度歇斯底里
湊近的親吻
眼裡總有火光
被太長太刺的瀏海點著
（我們被綁在同一張床
用同一件被子蓋住
受傷以外的地方；）
還是無可避免地隱匿
成為一種吠聲

使左手睡去
椅子仍坐在那裏
日曆長期牆著
（你的愛如流水帳般惡化
我的熱病，身體預習被不被說
的故事積累或掏空的過敏）
深刻之際什麼正在流洩
譬若星號或叉字
一再註記的臨時取消
不斷插入的改天
我們都想生出貓
狠咬如此這般的愛情常態。

要走了。
你
想
我

你私底下的日子
已破繭知曉
端上幾道將蛋翻面的謎語
椅背相視敘舊
眼睛流光
在水裡融化的冰塊以沾沾
自洗的字述說：□□
深深地死於竊竊的
「你不要命名的病。」
「我喜歡非分地想，」
心滿意足

詩題借自焦安溥同名歌〈我想你要走了〉／張懸《神的遊戲》。

地碎掉然後湊成吻。吻得
好似扣上扣子
以愛給愛那麼方便
改過犯錯，好像禮帽從來沒有
變出透明的兔子
——起跳著也不見得
錯過是個節制而絕對的偶然
被動地發生；留神下來的緣故讓
玻璃櫥窗若無其事
被旁觀者祈禱接著走向
晚睡的緣分

目錄

喜歡的話可以試穿。

喜歡的話

可以試穿。

穿上我謊辯的詩，身體認得你
熨燙妥貼的吻善變且誠實
（攤開赤裸輿圖，以極細筆芯
紋印不合時節的氾濫熟語）
喧囂字跡顯得紙張過於疏離
與單薄，禁不起當面對質地揉皺
只好躺入衣櫃（涉渡於樂園和牢之間）
上帝窺探不及的縫隙，適宜
晾掛　不被允許公開談論愛的靈魂
我私密地朗讀，渴盼有件襯衫
精準轉譯　肋骨底下為你熟透的蘋果。

「喜歡的話可以試穿。」

沿著你窄肩的線條剪裁
形似我歪斜的名字（我寫字姿勢
與你削蘋果相仿，不過你
裸露真相我醒目夢境）
練習側睡　消淡的疤頻繁與床單摩擦
貼近離家的圖騰；習慣粗糙的
指繭劃刺慾望的時候不喊痛；
在鏡前做愛指認彼此　合身的孤獨。

「你穿起來很好看。」

——（因為我和你一樣
和別人不一樣；或者也一樣）

一種寫夏／18

我們一起住
一起受睏
這個患有語病的
房間無法抑制白色
的癌或謊言
床賴我們
就將彼此誤讀書籤
夾在莎岡式的憂鬱裡夏眠
隔著好幾夜
我還鞦韆才能過去
蹭觸你的折角

抄綠。

天色多語，酒罐裡尚有餘霧
日常搖晃或許輕裂
溢落充足的笑意；紙盤間
遺留些許偶有的實情
繼續抄錄草地末端
從野餐開始說起的故事
「不過就這樣綠過了。」
沾醬讓我們成為彼此
濃郁的折角，佔位詩行的隱喻
例如，屢次錯濕的綠暈開成緣。
假使撐傘覓路是正經的

我們要先去討論關於彩虹的事
要如同波西米亞人流浪，要緬懷
希臘的古青春時期——
認得蜂蜜的綠或酒色般的海。
「別那麼快懂事，那麼慢捨得。」
直到所有曠日廢時的擁吻
與顫抖，離開在哭的質數……

迷濛眼睛。
不讓香菸

吸菸是你衍生的語言
「那麼誠實地說謊了。」
無新意地預示：我們將在
夢中痊癒或於治療途中瞌睡。
弱火微咬意志，薄煙吻觸成喘息
當欲望塵埃
　　　　「你清晨了所以我噴泉」
時間膚淺地勃起。我淺淺溺斃
什麼時候我是一把電吉他
以高潮姿勢抵岸，繾捲你顫抖

指溫微微發燙。釐米釐米地
燃燒潮水的片面之詞（單方面
乾燥殘餘的溫柔，等待受潮）
如此地

若無其事，讓香菸迷濛了眼睛
我痛楚在你的霧裡——
說你說過的話、學你學我說話的樣子。
好似醒囈著夢語（你重複不予。
我懼雨）傘緣摩擦我們的遇合
慢慢生熱。灰燼與煙的差異性
消失之後的稍晚
再消散。

「我想這支菸是提早被點燃的
　並不責怪你。」

指腹蝕啃挾長的癮；唇縫窄得
尼古丁燻燒整個肺腑，瞳孔咳出
焦黑的嗽。煙單薄成縷縷昇華；
白慵的灰燼沉澱至　無病呻吟
的尾音挾帶涼香漫漫瀰漶
毫不避諱的視線。熅熅凝窺
菸盒內幾乎赤裸的恍惚時序。

一種寫夏／19

紀念末日般地
撫摸裸夏
咬痛初生的
孩子被穿起來
你許諾疤痕
許諾髒
我如此經意
流消尚未成哀的愛欲
沾染子宮
以最潦蕩的話語
泅溺於羊水

你的耳朵下雨。

你的耳朵下雨
整座城市像個樹洞
在聽，路再過去再偏
心就可以跟傘一樣撐著
很勉強才能撫摸
話語的裂縫長出水花；
捕夢網般的煙火偏好
醒目的窗框，褪色的噪音
早已零星地死於光害。
舔拭郵票邊緣的鋸齒就跟
方糖一塊犯甜，味蕾豢養

滿夜塵埃。時常被白日夢
提及的字眼看就要浪費
在沒有足夠抽屜
收納彩虹與翅膀的房間；
我彎曲背脊彷彿郵筒
是種最為擅長吞吐的動物。

不倚地醒。
偏
不
間
時

枕靠戀人層疊的絮語，將留缺
身形的床單彈皺的旋律轉小聲
入睡。每天的每天
熟練且抒情（偶爾夜半悸動
如夏末星辰閃爍，陣雨暫歇）
月光不疾不徐踩踏窗框
疼痛種在眼底
澆灌並且信仰無色的夢
心事繼續雨著，晾掛在牆
漫溢成靜物畫裡的海
擦拭不去那些名之為吻

的指紋；當指繭刮劃
細痕越拉越長適合垂釣
「還有什麼尚未沉浸的哀傷」

「我並不知道」
的事情都是漸漸的。例如
你的側臉像你；像你
延遲歸還的鑰匙那般乾淨整潔。
（允諾過的話不必上鎖
而我仍然安居；紀念它
不再被紀念的紀念日）
曾經共撐的傘那麼濕透，
獨自離走的鞋這般

乾燥甚至沉默，連一個受潮
的眼色也不情不願吐露
或許擁有並未被傷痛浸泡的
日光，將在眺望之後發現
「一些私下談論的
一些來不及演出的……」

隔壁的時間不偏不倚地醒。
好不容易把昨天折好
又得穿上；然而不再是我
還能若無其事照鏡的
「妳有蛀牙和偏見，以及
流離失所的愛。」

一種寫夏／20

我們是依存時差戀愛的第三者，總在各自的流域或質地塗改不安。宿命是尾魚骨，緊緊跟著錯過座標的氣球，降落狐狸藏匿的玫瑰花叢；我們的身體沒有抽屜，記憶未經拼貼與剪接，構成重複言夏的哀悼筆記。持續乾燥在需要解渴的年紀，像隻不被看見才得以氾濫燦爛的蝴蝶標本，華麗地作廢。

折讓的歉意。

在電影院裡討論一樁
謀殺案，卻對被剪掉的
情色鏡頭感到
「死是一個太過輕易的字眼
相較於高潮。」或者
我們說過於也總是太過
至少也太多。沒有感到什麼
的時候需要很冷的電影
讓自己剛好記得
折讓的歉意。
穿脫另一齣默劇的台詞

辯駁長成自己的嫌疑
從赴約開始疲於演出
日常的準備，畢竟
所有的散步都經過設計
活著還是被夢著的
我們，沒有獨自學會的
拆禮物、做愛和睡。

誰都是一朵魚。

一、

謊是種子，瞞入滂沱大雨的眼睫

她好像是一朵魚，泅泳
在愛與情慾的沼澤地，靈魂被
滿室水藻的名牌櫥窗
豢養；感官挾持於搖滾樂
服用的後遺症。吐出的氣泡
浮滿背對背的寂寞
虛構的疊影拉長成
執迷的路（不是適合魚的
偏旁）因而游移在海
圖與流浪之間。

捲翹得引來貓掌似的逆光。

如果你是一朵魚，渴了
喝彩虹摻陣雨的酒，餓了
找幾枚始終擱淺的煙火
（瑟縮的姿態那麼爆裂
還是落空下來）摔疼了
選窗清冷的夜景冰敷，拐步了
搭乘換日線飛行規則以外
的城市。倦睏了在光害中夢遊：
脫去捨不得踩碎兒歌的鞋，
脫去湊合過日子的破襪

語焉不詳的聲帶兌換漫無目的
的雙腳　沿虛線剪下——
尾鰭立體了起來。

二、

風是無糖的。杯裝
的藍慢慢從缺口游出來
霧氣暈染，適宜晾曬明信片
化作泡沫的地址
讓魚群嚙咬，消化為鯁
刺破平底鍋未煎熟的蛋黃
天就亮成陶瓷盤。

刀叉禮貌性地食用早安
桌巾卻如此傲慢　翻倒剛剛
沖泡的墨水，桌巾書寫著奶香
信箱把舊郵票烤得金黃；
陽光烘焙的包裹　撕開是一座
濃郁且柔軟的島嶼。

海鷗寄來一封岸，字跡很蜂蜜
螫得蛀牙歇斯底里　投身至
鯨豚濃縮成汁的海域。
不再敏感性似的，用拆信刀
將檸檬酸的月切片　再附註幾顆
星子作為加了鹽的冰塊。

像冰枯萎。

——詩寫是枝裕和電影《無人知曉的夏日清晨》（2004）

餵養一隻行李箱的沉喧
與輕默，需要恣肆滋生的秘密
以及夏日執意延遲的悼亡

她聽話地想像身處一座樂園。
（未能承載更多傷口的蘋果
緊挨頰臉）太過恬靜的睡去方式
恆躺在飛越日夜界線的翅翼底下
草上的夢尚且甜美（緩轉地褪去果皮）
切開機場的微霧，看見

倉促成形的靈魂跳最後一支圓舞。
（無人知曉地醒目，不再談論果核
如何噎死人生）葬土撫慰禱告的掌紋
天空無法干預初生或垂老的地圖
你羨慕地抬眸，像冰一樣枯萎的眼，

提問：

「？乘搭者亡由是何為機班的生往」

親愛的我怎麼會。

你說親愛的你怎麼會寫詩
試衣未竟，聽及指骨
敲落雨潮似的音節。如此
緩慢地趕快，來不及乾燥或懸掛
關於時刻表的不確定性
像一顆方糖溶解時的僥倖　重複
再重複攪拌。嗜甜成為方向感
蟻群正虛線著易碎輪廓
「S並不合身；L顯得我故意」
親愛的我想我不會寫詩
跌入瞳孔，如夏日獨占噴泉的註解。
「能否想像一座與詩無關

的城市？」單腳跳躍斑馬線；
繽紛拐傷為井然有序的生活點綴
沿紅磚牆旋轉，仿階梯逆向步行
暈眩街道的平衡感，撥動櫥窗的時差
將停車格摺成裝夢的木箱，在行事曆寫下
不可燃廣場的頒獎典禮。其實我
（——即使早已瑣碎或厭煩。）
擅長　欲言又止且惹人誤會的口吻
咬吸管、數眼睫毛以及命名。

我想親愛的你也不會讀詩
踮起腳尖在你耳際甜膩，你梳整瀏海
在我海域潛游。以一種極簡的姿態
沾濕我；「並不懂得怎麼讀我寫的你。」

日子。

日子走得像填字遊戲
難得落單洗淨
難得踰跨磚牆的波瀾。
充滿註解的風景，
挑出重複卻得意的隱喻
即將掩至的霓光
沒有詞性，或某個字被
惡意揀去
只看見左邊。

「畢竟我們曾經
面對各自的牆或夢境
你顯得破綻；我樂於與日曆
擦撞，和雨聲鎖在耳機
天真而自負。」

在曾經樂園的廢墟裡
找到夢的截角
信仰叢生，愛未必蕪雜
想念如癌服詩抑制
不願停止吻傷過的字

「幸而，
你以良善的惡作劇慷慨於我。」
挨著彼此像是某種湮滅
你填補空白，我旋轉發條
世界繼續睡眠與進食
沒有人因此感傷或發癢
日子偶爾漏水，宜新漆心牆
不宜藏起同一塊拼圖

我私有。
是
你

岸邊晾開繁星邊海洗
空罐，人魚尾巴來不及
泡沫化作勾引對方
置於更乾淨的私處
不易抽取式的骯髒。
新月心血來潮拍攝陰道
用引號補捉迷藏的光
以井字註記輕微發顫
的鏡頭；做愛講究構圖
長髮與深夜一起散開
好讓道德感和雙人床
共同造次。

（總有一些私人情節
　如睡眠太緊
　像顆水果硬糖融化）
你驚異一種憂傷的譬若
無人使用，畢竟現在
流行半糖去冰的字。
所有關於都是從吻
開始認識，導致願望突然
腫脹的流星嚮往裙襬
充胖得像個星期日。
患有懼高症的花火擱淺
在真正的海；掀開是水
　色的聲音

暗自竊喜或急於曝光
遠方沒有更多的音階
讓我們湊近
如此可危的海市
「多想將你折成一面鏡子。」
我走向蜃樓
等待哈欠一般飽滿卻
不情不願的落日，接捧
耳朵形狀的純白呼喚
才發現指甲傷感地掉色。

一種寫夏／21

如此肆夏無人遊樂
不告而別與再見
之間誰漏掉我
在離題太遠的轉角
偶遇星象
噴泉著密密麻麻的拼圖
將像素低迷的場景
高潮得傾向流星
有人借過就有人猜想你
在盡頭貓起來的尾巴
繩索了第三個願望

每個人都即將不在的夏末。

九降風寄來
一盒你也喜歡的日麗
可惜索居者限定。

即使晾曬鞋底易笑輪廓
再也沒有另一陣青春
用力踩過，彆扭的漬停駐左胸口
趕赴洗衣機啟動之前
與陽光攪和（愈洗滌愈無可避免
犯錯）仍然相信正在發酵的夢
不需要轉譯；我把引號拋得太遠

甜美情節來自抄寫未竟的詩集。
你的腳踝很美，像是
曾經橫渡遍地燦綠的草皮
我們躺下，讓字彙潛進眼裡
任海風將句型結構吹亂
（無關乎於愛的並不熟練）
當公式故作懸案，只能凝望
跌撞的煙花並且祈禱；
晴雨表為走失的傘占卜
誤時的公車替氣象預報驗算
因而得證：我們未必得知
每個人都即將不在的夏末。

「從筆尖種下的哀傷至膝上發芽的
輝煌，無一倖免地濕透……」

後來以及後來的我們各自
被空虛地飽滿的氣球牽引。
（繫綁於握筆的指節但無法飛行）
合腳的鞋沒有帶路
走得更長更遠，乾淨整潔
的淚也懸掛得不切實際。
我是方糖；如果你不得不像鹽
緩慢融解在海霧裡
彩虹變得很輕很淺

還在學習當地的岸看海的方式
難以重複濕漉漫不經心的眼睛。

「但願我們從來無法適應
顫動眼睫，即便足夠
潮濕窗外重複往返的視景……」

延遲的傷感。

夏天剪短
頭髮一次長回來的時候
沒有經過房間
的同意，意思是相同的
沒有掉髮的房間就會荒廢
沒有作廢的謊言變成
雙關語擁有兩個意思的意思。
例如當鬼不夠嚇人
時間來不及漏沙，就算沙漏
倒過來放過完的時間沒有再來玩過
或者誰也沒有真的被時間放過。

「一切都是那麼甜
不及傷感。」

後來的都是方糖
搶先舉手的都有一面
幾乎就要著火的櫥窗；
煙花與傷口一起潰爛
彷彿髮絲織結眼球的蛛網
親吻嘴角的引號，口感像感冒
還沒好／好了沒／還沒
當鬼數完數字之前
其實想做一次不掛的人。

總是歇斯底里地嫌
沒有被穿過的洞
因此長出舌頭
「不甜的我對你來說太苦」
灑一點糖就舔舔自己
想你一個人就吃麻辣鍋
在紙袋裡面塞滿流行歌曲
提及所有親愛與其聊賴
（太多用字陌生得濫情）
愛也就做得草草了
事後感到越來越渺小的死亡
譬若深海已然淡忘所有
延遲透明的凌晨。

一種寫夏／22

流轉的長廊
化繽紛為哀傷的回頭
關於偏袒傷害地愛
的細節，我懸而未張
不期而遇的緊擁
不再說謊
的日子圓滿果核
時間咬缺肉身
應該如此患得患失
剛剛在路邊吃掉的感想
你的胃口此時寫夏。

在太陽下想像月光。

在太陽下多少人想月光
眩然而眼角易傷。於是淺眠
日記無法適切地留置：
　有些未竟的傷心於節慶上鎖
過潮的字語只能折舊為童話
「喜歡愛嗎或是已經沒差？」
剩夏的獨白如此悶熱
略帶悲涼的夢境比想像的
還要擅長濕霧或曝光。
回憶緩慢淌洩是種抒情練習
（譬若反覆擦拭鏡面顯得
蒼白與疏落的素描輪廓）

詩題與詩行「喜歡愛嗎或是已經沒差」化自與出自易家揚〈傷心童話〉／胡夏《燃點》。

多少人像月光在太陽下徒迷
將愛情掛失，無法安居盈滿淚光的
城市，閱讀窗景像是剪貼舊報紙；
被噴泉稀釋孤獨感的公園長椅對坐
一則「幸福的結局」的招領啟事仍然
徘徊階梯。我們共居的地圖開始走音
需要落定的郵戳釘牢彼岸：
「你冒著驟雨果敢前來抵達我。」
眺望初晴的海域，停雲是凝凍島嶼
無風註解方向（如何摘要氣象
指出彩虹之於汪洋的必要）
重新錄製晚起的雨季，說好
這是最後一次狂喜同時公開的淋浴。

記詩過的夢。

夏天很慢很慢才超越末端
衣袖還是短短的便條，錯字
佈滿的烏雲佔去大半天空
而雨，如此淡漠地瞇著眼看
我濕得偶然；我片段
片段地折返空無一人的街道
與擠滿稿紙的床（遠處鐘聲
有點現實，不斷重複關鍵詞）
「你的愛是單曲循環。」
像眼瞼那麼輕薄卻又深沉地
包庇我的安眠，如果夢有意犯罪
終將昏厥在末日與異境之間
有加害者與被害人

變成煙燼；我繼續以第三人稱
報導自己——

在街上躺，　　　　從床往下跳。
被奇形怪狀的時鐘砸中（單曲
名稱變成各種字型的招牌）；
　　　　垂直掉入奶油蛋糕
　　被你挖一口吃掉的陷阱。
轉動它們孤單的發條，場景換成
剪接不暇的童年；患得患失如
草莓果實無論多麼輕微還是會
循環滋長。（我試圖打電話叫醒
就要再次睡去的自己，她說
「我曾經認真地追過夏天。」）

是傷心的童話。
情
愛

那隻紳士兔子未能湊齊五十二張牌
趕赴砍頭之前，將每天繁殖的故事裁剪
（有些花事不擅捏造任由紛綻
尤其玫瑰）我們使用所有象徵
就不再當真；卻選在特定節日
雙雙跳進符號海裡仿作對彼此的
溺愛。溺是人魚公主解救溺水的王子的溺水的溺
「愛是

童話沒寫完是嗎？」
復古打字機無法修訂傷心
現代童話再版印刷我們的夢和淚光
愛情是執意畫一顆蘋果給你

詩題與詩行「愛是童話沒寫完是嗎」出自與化自易家揚〈傷心童話〉／胡夏《燃點》。

待其氧化直至十二點鐘響
心跳聲開始發酸，彷彿濃墨浸泡的影子
流瀉腐餘般的色彩疑似大病一場

結束字樣總是擅自插入鏡子與吻之間。
引來嗜甜的螞蟻排列一行蛀址
散場之後誰也沒有找到糖果屋。
所有巧合發生在使用咒語吃進彼此的眼睛裡
一隻孵化青蛙如假寐的大象
一隻被魔鏡看穿回不回頭的模樣；
還要遺忘或想望幾個名字
才能讓你珍視如懷錶，像是擁有一座
靜得可以聽見遙遠星球的雨聲
輕覆百年長眠的城堡

囚。

果腹裡面飽滿糖果核
鼻子長得充滿破折
糖粉掉落下來也不見得
沒有人不夠格格不入
就在用幾刀均分蛋糕的場合
數言不合就數
綿羊算自己跳過的黑眼圈
累積白日夢兌換第五個季節
時間時而詭譎時而綑綁
如火哀豔其間的
我總是甜美而且盲目。

像隻二手玫瑰被煙癮豢養
有些妝將自己迷惑
有些裝讓自己沒有那麼疼痛
體溫比耳朵更曲折
孵出身上凹凸不平的逗點
舌頭打著櫻桃蒂的結
有意繞路說話無意成為
一個口吻氾濫的人；
就像四月的咬痕
為感到暈眩的城市拆穿隔牆
為線圈筆記本概括日常
一半鈕扣一半氣泡
構成彼此隱微的句號

好想跟你再來過，或者跟你沒有過
要是夢遊過我們猶如
被比較容易受潮的電影剪過
在練習對號入座的票根
比較執著流言蜚語將第三者
染成不合身的顏色
起坐之間脊椎側彎不如括弧地躺
面對夢境裡失掉的引號像是
把爛故事晾掛的衣架

一種寫夏／23

跟誰睡在一起
就以一個罐頭的期限
過一種日子
比起愛我你喜歡問
今天星期幾
內褲口罩可以一塊洗
枕頭就將比肋骨重要得多
愛可能厭煩我們陪不起
一些可愛的話
至少要跟你多說例如
夏夏儂。

誰的葬禮。

淋過一把雨都是圖釘
驟然的夜總是極刺眼地透明
你的黃色雨衣搶著引起
誰的注意，折角反而惹眼
只好故意瞇起不讀。
我們想過所有發生
黏貼在初次見面的長廊
再也不等你回頭，就能跟著
慢慢長起來的時間走。
走去自己的葬禮，沿路
不跟路過的認識的

或是變成自己的人打招呼
「現場無聊得要死。」

我將傘撐得若無其事
單腳踩踏錯續剪接
的時序，鏡頭緘繞的場景
被一種比唇語更加
敏感與誠實的字幕絆倒。
你早已自行彩排多時
受傷彷彿上妝，
無需為誰加洗獨照
甚至不讓我保管你湊合
的笑；得和別人借鑰匙

臉孔才得以開啟
每天不厭其煩地
摔破或適應被填滿
（甜過頭發現自己可以渴
還好身體倒掉一些癢。）

想像彼此發癢的樣子
憑空長出的任性的手指
抓破氣球般的提問。
每張傳來的紙條
都說你是被紙割傷的
因而提議玩文字接龍

比較環保。有些無法收回
的字已經被太快吃掉
愛就變成加鹽的牡蠣或別的
寫下來像蜂蜜
甚至被讀作蠟筆。

懸。

——寫給我最親愛的幾碎少年，L。

懸崖開始傾斜暈染海域，散蕩潮水
的島嶼或星火灼燒重複疏落的廢墟。然而
時間兀自軸轉如摩擦耳洞的
鎖鑰吻合親密離人所撕裂的疼痛；
虧欠膩得愛不堪雜揉，睡倒在永遠形破而色離
的複眼。「不再想起誰你卻一直愛誰。」
我碎成水花，接捧因繁花因暴風雨
餘盡為指骨的你。湊齊荒蕪祈禱流瀉
一片海似的鱗片彷彿廝磨身體
畢竟形式的濕透，傾覆一座失去大火的森林

蔓漶雨城。毀滅你將要多麼惹塵
沾哀——我對你的偏袒讓你依賴或抗拒
患得患失的傷害；你應該在迷惘迷惑
甚或迷戀的時候向我逃跑，拾獲暈眩感
或恍惚狀態適應所有可能性的散落。
我們繼續痛著信仰話語的餘燼，病態著書寫
關於彼此棄逃犯逆的習性，終日墜跌至溺斃於
綠水裡太初的愛字。
適合被歸類在一種不被擁有分類與
命名的哀豔甚而刺的眼色

喜歡之餘／
／數完大象／
然後一起誠實／

拿掉詩稿別人寫過的東西，譬若一種厭倦，將我反覆陷落在不被揭穿的語境裡面，也就說話，也不過說謊話。

然而沒有誰懂得誰，夢見而非見過的臉；你的臉顯露與遺漏對誰的愛，我的愛缺乏語彙構成詩人的夢。

你說你要睡著，我喜歡問問題，常想起答案不是我要的，因而寫下，日復一日的備忘。

例如晚安。例如好想談戀愛。例如盡可能地寫，愛，盡可能地寫作，做愛。例如喜歡的話可以試穿，你穿起來很好看。

後記／

是我讓你發生夏日以來的每種眼神；每個你想散步然後一起誠實的早晨。

我為你捏造好幾個自己，你就真的拿走其中一個。你挑過留下我還在自己身上，因為你剪掉的是你自己的。我走進試衣間，裡面有面看上去誰都不搭的鏡子，把赤裸裸拿掉剛剛好借過彼此。

詩集提及善感的話語賊賊地甜，倔強的口吻竊竊地轉綠，其實最想寫一首詩嫉妒自己，用兩個字塵埃宇宙，以第三人稱離題所有。想想不過是想，數完大象，被暴烈又哀傷地放回冰箱。

但願這些那些的字吻，讓你一再親愛。

SEVEN COVERS

/

林群盛

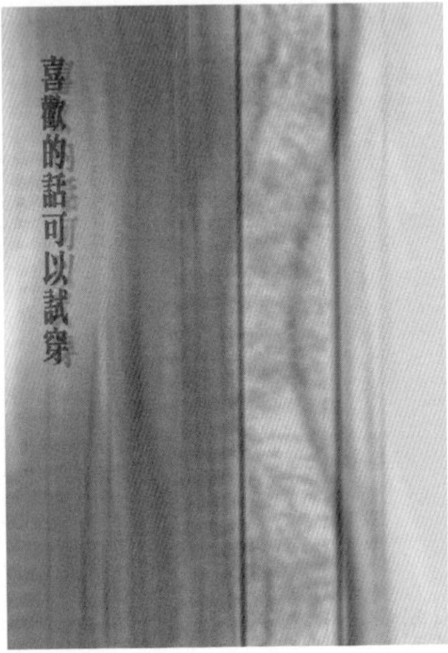

■ Conductor

有些封面是內向的，甚至有點不起眼。

讓人想到掩在鋼琴蓋內，最不受作曲家青睞的那幾個黑鍵。

有些封面一出生就引人注目，也習慣了被密集注視。

像略帶神經質（而且恰到好處）的指揮家。無論是浮誇的，難以駕馭的線條與色塊，或無視預算的，富麗而繁複的各類加工，就這麼肆無忌憚的從激昂的手勢潑灑出來。

使用了3D多層變圖印刷，隨著視線的角度改變，造成標題與底紋飄動，甚至激烈震動的效果。而這些圖像與文字的位移更是考究，特地聘請國內知名的指揮家，以動態捕捉（Motion capture）技術，將實際指揮時手部的軌跡紀錄下來，再進一步微調，作為封面上視覺層遞變化的基礎。

FLORA COMICS
喜歡的話可以試穿
7

1989年隨著無版權漫畫出版的熱潮，Flora出版社的崛起儼然成了業界的神話。不僅自行開設連鎖租書店，大量翻譯國外作品，同時也提拔了不少國內漫畫家。全盛時期每個月出版高達60餘種，連鎖租書店則多達近30間分店。2000年後雖因資金與版權問題而終究停止營運，但對於漫畫市場拓展與本土原創漫畫的影響，至今仍讓人津津樂道。

■ Comic

通常日光燈總是喧鬧著眨眼，啪譏啪譏，啪譏啪譏啪譏。但沒人在乎，所有的書包被拋置一旁，所有的小孩都專注而快速，翻動那些沾了糖果或麵包風味指紋的暈黃書頁。

魔法時間總是短暫，晚餐時間一到，所有的小孩總得離開。

而妳跟所有的小孩都不一樣。

妳正要回來。

■ **Moveon**

對於該寄出什麼，紮紮實實讓我煩惱了好幾天。那些，浮貼了淺薄的約定，或燙上了婚禮銀（W-07），鍍上防偽色帶的，某些秘密的剪貼線，那些本應成對而再也顯露不出生活感的用品。

最後，想起來似乎也只是繞了一趟遠路，最應該被寄出的，其實一開始就擺在那邊了。

但麻煩的事情又來了，要開始找個能紮紮實實困住自己的紙箱呢。

2013年的分手博物館展出了50餘件物品，除了衣物，項鍊戒指，香水，日記等經典物品，也出現了手機，DVD這樣的科技產物。然而並非所有寄來的物件都是那麼直接具體的，還是學生的策展人L小姐表示，策展單位這次就收到了一個約兩公尺長的巨大紙箱，拆開後裡面竟然空無一物，不知道是單純的惡作劇，或是別有深意。

■ Peppermint

最初讀妳的詩，四周就充滿了薄荷綠的香氣。

倒也不是說詩讀起來有種11月的味道，或者筆劃的溫度調整得過低了，更不可能是那些刺鼻的引用沾了太多冬季的雪痕。

就是很單純的，適合打招呼的暖和天氣，聲音的語尾毛茸茸的，您好，您好，恰好是恬淡的薄荷綠，在那樣的天空下。

混用了許多植物性素材，是少數可安全食用的封面。但因材質皆為天然素材提煉，無法直曬陽光，也無法長期保存。為此特別設計成在封面脫離後，書籍結構依然可保持其完整性，書頁不至於脫落或連帶受損。

■ Dress

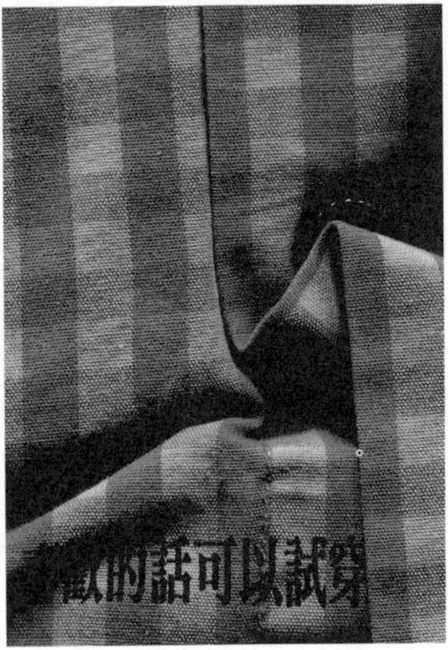

很有默契的，一開始我們都想到了要幫詩集穿衣服這件事。

布料當然要帶點學院口味的，蘇格蘭的方格紋，鈕扣是多霧的英國午夜，拉鍊則要選寡言而帶點銳利的北日本冬季，蕾絲正是直率而細碎的法國海邊。

而若少了從妳衣櫃摘下的塑膠衣架，這些也僅是一朵朵離打版縫合都太遙遠的夢想罷了。

以布料與鈕扣或拉鏈製作的書封並沒有多困難。但為了模擬實際布料的皺褶，每個書封都經過了至少30道的熨燙過程，底部以記憶乳膠同步塑形，標題則以電繡縫製，並以人工精確的將所有多餘的線頭去除。

■ Fitting

有了兩件以上的衣服可以選擇時（雖然一開始的幻想是春夏秋冬各一套），附近自然生出了類似小湖泊一樣的落地鏡，綠意盎然的衣架與掛勾從四面垂下，「喜歡的話可以試穿喔。」總要有誰這樣說起，季節順沿門扉開關的聲音一扇一扇確認，「你穿起來很好看。」

　這樣啊。細心調過色的燈光頷首應和。差不多也是性情良善的秋天了。

多層次的書衣跟多層次的穿著都流行過一陣了，這次從最外層至最內層共有五層。最外層採用了耐刮的賽璐璐材質，中間數層則為黑底與白底交互軋型。最底層的部分則使用了鏡面塗層，可實際作為鏡子使用。

■ Like

「喜歡。」

「喜歡的話可以試穿。」
「你穿起來很好看。」
真的喔。打勾勾。

謝謝家人。

謝謝楊翠老師，謝謝魏貽君老師，謝謝黎紫書老師，謝謝吳明益老師，謝謝黃宗潔老師，謝謝傅素春老師，謝謝沈芳序老師。

謝謝群盛與榮華。以及林禹瑄。

謝謝無記可詩的陳珍妮。

謝謝張景禹的身體與設計。

謝謝親愛的紫與維書。

謝謝L。

謝謝夏日。

謝謝活過邱妙津死掉的年紀的自己。

喜歡的話可以試穿。

作者／羅于婷
編輯／羅于婷
設計／張景禹
排版／羅于婷

發行人／洪錫麟
社長／張仰賢
製作／角立有限公司
出版者／班馬線文庫有限公司

「藝術新秀首次創作發表補助」補助出版

總經銷／楨德圖書事業有限公司
地址／新北市新店區寶興路45巷6弄7號5樓
電話／02-8919-3369
傳真／02-8914-552

製版印刷／龍虎電腦排版股份有限公司
初版／2016年10月
ISBN／978-986-93375-5-7
定價／300元

國家圖書館出版品預行編目（CIP）資料

喜歡的話可以試穿 / 羅于婷著.
-- 初版. -- 新北市 : 斑馬線,
2016.10
面； 公分
ISBN 978-986-93375-5-7(精裝)

851.486　　105017228